言葉のゆくえ

砂本 健市

東京図書出版

はじめに

私は
言葉という雲の中を
歩いている
高く浮くすじぐもは陽を透かし
すがすがしい
あまぐもはうっとおしいが
歩くためには
必要である
うろこぐも
おぼろぐも
うねぐも
わたぐもと歩き回っている

言葉のゆくえ◇目次

蟹

（一）

夜、父が子供達に聞かせる話は、いつも同じ具合に
ぽつり、ぽつりと始まる
父は北に牽かれて小さな舟を漕ぎ出す
なるべく遠くへ遠くへと人の匂いが消えてしまうほどの沖に出る
この海域は海面を埋めつくすほど無数の氷のかけらが漂っている
父は氷のかけらがあっても海は凍らないものだと思っていたが
海流が変わるこれより先には進まなかった
私は、不安が櫓にからまり意識さえ凍りそうな
海面を漕いで、さらに北の海に出る
北西の風が舞う時などは方角も失う
氷のかけらには海流や風による流れとは別に、生きているように
動きまわるものがあり、それには蟹が巣くってざわめく

沖に出るほど氷のかけらは氷塊となり
満月になると蟹どもが氷のかけらの上で脱皮をくり返した
脱皮した殻は、海底に堆積し、うすむらさき色となりゆらいでいた

さらに進むと、氷塊の間隙は狭まり高さがましてきた
蟹どものざわめく姿は少なくなり、うすむらさき色の殻を抱いた海底は
葉脈のように細く分散し先では消えていた
さらに前方にはどんよりした空に突き刺さるような形をした塔が見える

父が幽かに見たという氷の塔である
私が想像していたよりはるかに威圧的で、沈黙をかかえていた
何度か脱皮した蟹どもはここに集まり、氷の塔の底に身を潜ませ
何かの機会を窺っている
爪という爪をもちあげて、身じろぎもせず構えている
氷の一部が轟音とともに、崩れ落ちるときにさえ、そうである
ひどく気になる蟹どもであり

ふいに、私に襲いかかる恐怖がある
ただ、薄黒い雲の間からほんのいっとき、陽が氷の塔を照らすときは
ほっとした表情で蟹どもがざわめく
氷の塔の底がいろいろな淡い色に染まるときである
この時、初めて蟹があらゆる方向に自在に飛び跳ねる

（二）

朝、いつもとは逆の方向の汽車に乗る
父のいる所に向かった
汽車が山に沿って大きく左に曲がったあたりから
潮の香りがして海が見えた
今日の海は静かだ
海岸は弓状の形をとり、沖合の島はちょうど
外洋の荒波を塞ぎ止めるかのように臥し
南北に潮の流れを速くした瀬戸がある
その瀬戸に陽が当たり白く光っている
内海に面した無人駅に降りた
ここから海に向かって石段が下りている
石段の向こうは、ひっそりと佇む甍が海岸まで詰め寄せている
昔と少しも変わらない父の故郷である

記憶を確かめるように、土蜂の巣のある土壁を
めぐりめぐって父の姿を見つけた

その夜、父は昼間とはうって変わった顔つきで
ひと昔の話をしてくれた

ちょうど今夜のような満月のころ
海は異常なほどの冷たさであったという
この冷気のため霧が深く立ち込め
時たま、強い北風が内海を通り抜けたりした
村人達はしきりにこの海水の冷たさと不漁とを関連づけ
あちこちでひそひそ話しをしていた
その顔つきには、はっきりと不安が窺えた

数日後、霧が晴れると網に少しずつ蟹が入ってきた
今まで見たことのない大きな黒い蟹であった

蟹は日増しに多く獲れるようになり
村中は大変賑わってきた
無人駅には貨車が停まり、蟹は町に送り出されていく
それは村始まって以来の賑わいで
村人は冷たい海水のことなど忘れ去っていた
満月になると、瀬戸が盛り上がるほどの蟹達が打ち寄せてきた
村人達は総出で大きな網を作り、幾艘もの小舟で蟹達を迎えた

ほうらよー
ほうらよー
俺達は漁師様だ
魚であれ　蟹であれ
漁師様には勝てない
ほうらよー
ほうらよー
潮を見たり　鳥に聞いたり

そんな気長じゃないぜ
蟹からやってくる
ほうらよー
ほうらよー

先頭の小舟に若い衆が乗り込み、蟹達を浜へ浜へと誘導する

ほうらよー
ほうらよー
もう少しだ　浜にゃ女がいる　子供がいる
なにも苦労はいらない
蟹からやってくる
ほうらよー
ほうらよー

しかし、浜辺近くになって状況は一変した

蟹達が急に方向を変えるやいなや小舟を網ごと
沖へ沖へと連れ去ってゆく
小舟はまるで嵐に遭遇したかのように舞い始め
海に振り落とされる者、網にからまって
手足をもぎ取られる者、蟹の群れの中に引きずり込まれる者など
大変な惨事となった

この風景は浜からもよく見えた
泣きさけぶ老婆や子供達、腰まで潮に浸り
半狂乱で手まねきをしている女達の姿があった
しかし、為す術はなかった
やがて、蟹の群れはそのまま北の瀬戸から消えていった
後には半壊したわずかの小舟や板切れが漂っていた
この小舟に取りすがっていた傷負いた幾人かの漁師も
やがて力尽き、海に消えてゆく

父はその夜、村に残った小舟で北の瀬戸をぬけて
蟹達の後を追った

地影が見えなくなる沖合は、まるで前と後に
分かつような霧の壁が現れてきた
月夜の空にゆらゆらと揺れながら昇っている
父はここで初めて、冷たい海水の原因が分かったという
北からの海流がいつもよりも村近くまで張り出していたため
暖流が大きく後退していた
攻め際の地点で霧がたち昇り
冷たい海流の一部が内海に流れ込んでいたのだ
だから、蟹が迷って内海に入ってきた
しかし、村人にとってみれば、いらぬものを見てしまい
いらぬものを食ったわけだ
およそ蟹は遥か昔より破ったことのない殻を
不意に、村人に侵されたのだ

不必要な意識の目覚めだ

さらに小舟で北に進むと水平線に蟹達の巣くう氷塔が
ぼんやりと見えた
しかも付近には、小舟の破片があちこち散乱し、
氷のかけらと共に漂っていた

父は月に向かって目を閉じ、私に静かに話しかけた
今、再び海水が少しずつ冷たくなっている
ここ数年、村は貧しい
そして蟹がくる　蟹がくる

（二）

さて、その蟹どもだが
甲羅をいろいろな色に変える習性を備えている
陽が高いときは
波間に浮かんで、ひらひらと
集団で雑魚のように泳ぎ舞っている
甲羅はほぼ同系の色あいを示している
こんなときは附近にやってくる鰯の群れと
一緒に遊んだりもしている
あるとき
空を飛びかすめる魚を見ると
一瞬たじろぎ、身構えをする
甲羅の色が無秩序に変化するときである
父が言っていたが

鰯の集団が空を飛んでいるとき
蟹は何とも言いがたいさまであった
甲羅は夜空に打ち上げられる花火のような状態になるという
およそ、悪夢にうなされているようなしぐさである

鰯一匹に大きな声で
「空を飛んでみろ」と
どやされていたという
しかし今は
私が見ている限り、ほぼおとなしい生活をしている
個々が同系色になっている
全体として、渋い銀色の色合いを作っている

やがて、氷塔に夜の帳がおりると
蟹どもの別の生活が始まる
いつの日にかわずかな機会の切っ掛けで

氷塔を攀じる
私には氷塔の頂は見えない
青白く凍りついた塔は
蟹の甲羅によって光をすべて飲み込まれてしまったような
色のない世界を作りだしている

蟹は、自身の習性の泡をふきつつ、人知れず崩落する氷の塊の音の
その余韻に自身の目覚めを覚えた時に
攀じている

蟹は、氷塔を蟹特有の横歩きで
攀じていく
もくもくと、少しずつである
ながい間、攀じりつめていると
足が少しずつ白くなるのがよくわかる
意識的に海まで落下して

氷の塊になることから逃げている蟹もいる
この蟹もいずれ時が来ると
又、攀じていくのだろう

攀じていく蟹は
かくして、闇に舞う蝶のように
甲羅が拡がりをもちはじめる
この現象で、色が飲み込まれているのである
さらに甲羅が凍りつづけると
私の意識では、うす黒い甲羅の拡がりを
追うことすらできなくなった頃
凄まじい数の蟹が自らの選択で氷壁に組み込まれている
この恐ろしい光景は例の鰯と同じ世界に見えた

氷塔は、そんな蟹が作った蟹自身の巣であった
数千いや数万の蟹が作った銀色の塔であった

しかもこの塔は、多くの甲羅を飲み込んでは
限りなく崩落しながら少しずつ成長を続けている

（四）

壁にへばりつき、氷のかけらとなり
刻み込まれる蟹
容赦なく粉雪が舞い
蟹は少しずつ埋もれていく
そうして、長い年月を経て内部へ内部へと拡散し続ける

本来、純水はマイナス四十℃にならないと凍らないものである
通常は、ゴミや塵など不純物が核となり、氷の種結晶となる
だから零℃でも氷が成長するのである
およそ父が言っていたように北の海には
どうしようもなく泥臭く、塩で錆びついた意識を持つ蟹や
割れた壁の隙間にしがみついてもがく蟹もいる
これらが、氷塔の種結晶となっている

内部へ内部へとまるで故郷に帰還する回遊魚のように
拡散を続けるのである
さて、氷塔内部であるが、そこには小さな空洞があり
中に朽ちかけた机がぽつんとひとつある
いわば、私の実験室である
机の上に竹の筒が置かれ、一方は開放されている
もう一方は節があり中央に小さな穴があいている
その横には筒に入れる押し棒が置かれている。竹鉄砲である

そして、操作を強いられるのは
蟹との語らいが全くない私である
あの暗闇に拡がる甲羅は
このときまでの蟹との語らいの前兆であった
しかし、蟹達はこのことを予期していたかのようである
内部まで拡散した蟹達は似通った色彩をもつ甲羅ごと集まり

なにごとかを話しこんでいる
ここでの蟹達は外にいる連中とは一味違っていた
甲羅の色の変化の具合は同じであるけれど
その姿は透明感をもち
宙に浮くことさえでき
また、異常なほどのやわらかさを持っている
およそ、身構え、爪を持ちあげていた蟹ではない
空を飛び回っていた鰯に似た動きがある
いっぴきの蟹が持つ独特な小さな空間
意識を反映させた確固たる小さな空間がある

扱いによっては、大きく膨張し
まさにしゃぼん玉のごとく破れんとする
また、ある時は萎縮し、夏虫のように短命であったりする
動きの激しい蟹の実験は容易そうであるが
物静かで浮くことの苦手な蟹は扱いにくそうにも見える

実験とはこうである
二匹の蟹を竹の筒のなかに封じこめて
後から押し棒で押さえ付けてやる
むろん、三匹、四匹でもかまわないが
節の小さな穴からどのような状態で出てくるかが問題である
蟹の選択を誤ると、小便小僧のそれのように
ドタドタと放物線を描いて床に落ちる
ここでは蟹との語らいと、実験方法の手馴れ、リズムが必要である
私の偏った推論は、蟹達が霧の状態となり
いっぴきいっぴきがもつ小さな空間が複雑に絡み合い
もっともっと大きく実験室までも包み込むほどの
色合の空間を作ることにある

こうして作られた幾種類もの空間を
実験室の壁にピン止めにする
私が背を屈めながら蟹を集めては実験をする

身動きができないほどピン止めができる頃
空が白みはじめる
幽かな陽の光が内部まで差し込み
それぞれの空間に反射しはじめる

しかし、この光の熱に耐えきれず、分解するものが出始める
緑色の粘液状となり
だらしなく床までたれ下がり
やがて姿もなく消えてゆく
この日は次々と分解して、すべて消えてしまった
そして、私は蟹の甲羅が舞う頃
再び実験をはじめるのである

(五)

ふとあることに気づいた
蟹が氷壁を拡散し続けているその道程である
外部から実験室までの距離はいったい
どのくらいあるのだろうか
一メートルぐらいか、数百メートルあるのか
私には調べようがない
そして、氷の状態は均一であるのか
粗や密の部分があるのかすらわからない
ただ言えることは、海にいた蟹と、ここまで辿り着いた蟹との
明らかな違いに、何らかの手慣れた扱いが私には必要である
蟹が拡散中に変態機能を得てやわらかくなり
軽くなって扱いにくく壊れやすくなっているからだ

父が言うように泳ぎ回っている蟹や
穴ぐらで身構えている蟹やらは
小舟では近づきがたい恐ろしさをもっている
こんな蟹が姿を消しはじめる処は
おそらく気の遠くなるような年月が横たわった、ここ氷塔の海域である
そして、私が操作をする

蟹は蟹であり
空を飛んでも
蟹である
蟹百態
まさしく私が操作する

漁港近くの裏道
格子戸をあけるように
ひょいと

蟹が爪をもちあげる
海があり
島があり私が座している
背後から蟹が近づく

月夜に泳ぐ蟹は
赤蟹でなく
青蟹でなく
遠く昔のぬけがら蟹か

私の意識の海に泳ぎつかれ
深く沈む蟹を
黒子として演出するのは
どこの夜光虫か

意識の潮が引くと

ありとあらゆる蟹がざわめく
ほんとうは
うるさい奴だと思う

しかし
少しは前に進む
芸を見せろ
扱うほうもくたびれる
それで蟹はいやといえず
川岸でのもがきを見せてはいるが
川面には満足顔を映しだしていると
病んで咳込む三日月が
笑う

さては蟹たちよ
薄化粧がよく似合う

泡ふきで
私と横滑りでもするか

（終章）

父が、つぶやいた
蟹は人を選び
時や場所を選ぶだろうか
冷たい海域の蟹は
どこに消えるのか

さて、例の蟹達だが
父が心配するように再びやってきた
漁師は知らない素振りで
ごく普通の生活を営んでいた
さすがに漁だけは休んではいたが
浜辺で、せわしく網などを繕っている
このようなごく普通の営みは

蟹達にとって実に退屈で泡ふきができない
人々の無口な動作が一番いやなのだ
何かを仕掛けたいのだ

蟹は苛立ち
競って、浜にあがった
漁師の家々の中まで入り込んだりした
しかし、漁師は動かない
日が高くなるにしたがって
蟹達の泡ふきが少なくなった
小さな集団を作っては
何やら話し込んでいる

蟹の持つ小さな意識空間が
拡散するきっかけがないと
氷塔に帰れない

氷壁の氷がえらにないと
生きられない

日が傾くころ
蟹達は、一斉に
背後に居並ぶ山を氷塔に見立てて登りはじめた
それは、恐ろしく多くの蟹であり
黒く不気味である
泡ふきをやめた蟹である
さらに蟹は山の頂から拡散のきっかけを求めて
山に向かい空に向かって横登りしはじめた

例の鰯とは違い
際限もない夜空に
えらの中の小さな氷のかけらを蛙の卵のように
繋がらせ

次々と夜空に向かって滑空した

父も私も今までの緊張した状況から解き放たれ
夕暮の浜辺に崩れるように座り込んだ

私は妻や子供のいる都会に帰った
そして、いつものように
古びた行きつけの居酒屋で飲んでいる
誰ともなく、あまり上手でない
壁に掛った氷塔の絵について語っている
ここには、蟹はいない

何もなかったかのような
いつもの夜の光景である

蟹が泣き　蟹が消える

こんな夜はほんとうにさびしい

コップの中の言葉

「いやー久しぶりだな。かれこれ五年ぐらいかな。こうして三人が一緒になることって」

「そうだな、久し振りだ」

「相変わらず日焼けしているが、どうだ漁の方は」

「うーん、あまりよくないよ」

「君なんかよく海外に出かけているらしいが、ビジネスは忙しいかい」

「忙しいと言えば忙しいけど、実際はそうでもないのだ。外での時間が多いので悩むところである」

「そうそう、おまえなんか町でスーパーを経営しはじめたと聞いたが、調子はどうだい」

「今んところ、まあどうにかやっている。役人からの大変身だった」

「漁の方だけど、最近は他国の奴らがやってきて、それで小魚までごっそり取って帰りょうる。奴ら無線で訳のわからん言葉を使いあっている。わしらの海で外国語を聞こうとは思ってもおらんだった」

「漁は風を見て、潮を見て空を見てっていう話は昔のこと。大型船で新兵器を持ち込んだ方が勝ちさ」

「いやいやスーパーでも同じことさ。過去の売れ筋データーの詰まったコンピューターに、一週間の気象予報を入力すると何を仕入れればよいか直ちに出てくる。データーもそうだがこの町も変わった。昔からの海岸線を潰して工場や港を造る。山を削って団地を造る。そこから耳に覚えのない言葉がどっと吐き出される。俺は町の変わりようの早さについて行けない。ちょうど水いっぱいのコップの中に、さらに水を加えているようなものだ」

「しかし、おまえ、飛び回っておらず、少しは腰を落ち着かせてはどうか」

「まあ、もう少しは頑張ると思うよ。だけど自分のコップの底の水には、色褪せて忘れかけている昔の残滓とやらが漂って。この残滓を抱え込んで毎日毎日動き回っているけど、今からの新しい水と古い水がどのように混じり合うのか不安でたまらない」

「わしはすでに、自分のコップの水に溺れかかっている。ある日、夢のなかで魚影を見た。小舟で漁場に着いて少しすると、もの凄い数の魚たちがわしの小舟を幾重にも取り巻いた。その様に恐ろしくなり、何もかも投げ出して逃げた。今の生活もそうだ。便利だと言って多くの水を入れる。そして使う。しかし、使いきれなくなるとすぐに消化不良だ。だんだんコップの彩りや形が変わってしまい、入っている水さえ変わってくる」

「幸か不幸か、自分たちがせっせと新しい水をコップの中に注ぎ込んでる。コンピューターのデーターみたいな奴をだ。溢れ出しては困るので、底の方の古い水と時を見ては混ぜたい。何か溢れ出そうなこの古い水を蓄える別のコップがほしいものだ」

「そうだな、別なコップ。形が悪くても、割れないコップか」

言葉

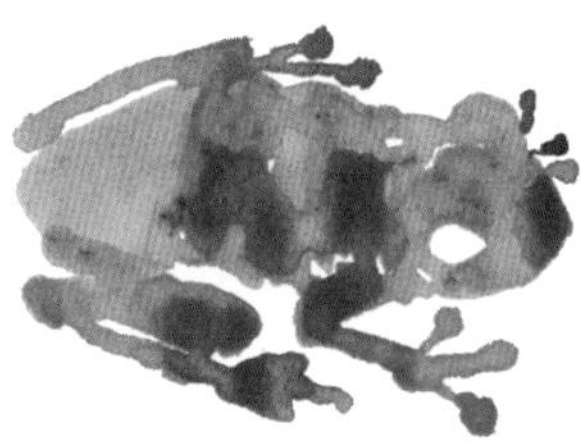

かえるが鳴いている
素足では
ただ　鳴くだけ

根をはった樹々が
ざわめく
ただ　ざわめくだけ

人がしゃべっている
文字という靴を履いて
しゃべっている
しかし
たいへんくたびれる

つれづれ

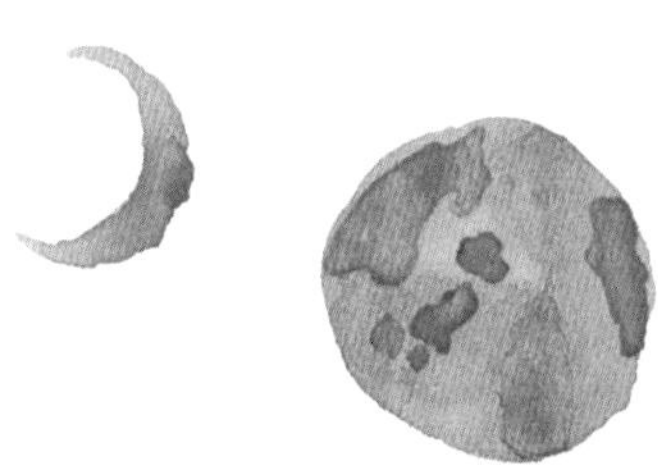

（一）

言葉は
夜空の三日月
意味する形をほとんど現さない

言葉は
あなたによって
曲げられ、伸ばされ、脱色される

詩は

あなたによって
厚く糊付され
その重さで軽い目眩を覚える

（二）

宇宙は限りなく広いと言う
しかしあなたは
果てまで瞬時に行く
そこは虚海か

葉裏を眺め
手を空に翳す
重力を感じ
月の上で
手を宙に翳す
少ない重力は感じない
陽は東から西に沈む

問題はないのだが
誰かが違うと言った
地面が西から東に動いている

言葉には軸足がない
どこそこに定まらない背景が
宙を舞う

沈む夕陽に
多くの背景を投げかけ
沈まぬ夕陽をも描き上げるが
空を眺めて思うに
月の前に浮遊する言葉で
ぶれない夕陽ができるものだろうか

月光

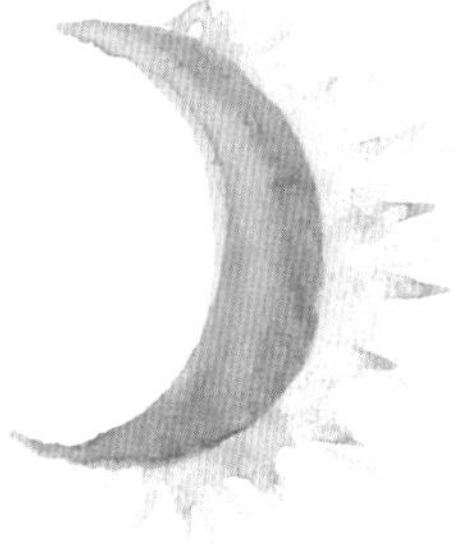

夜

私は三日月に
たわごとを投げかける
消化しようとすまいと
投げかける

たわごとは
クモの巣のような粗目で
放射状に広がり
月のわずかな光で
夜空に砕け散ろうとするが
まもなく収束し
やがて月は孕む

少しずつ弦は膨らみ
洩れだす光は

沈んだ山に語りかけ
隠れた樹々を呼ぶ

光はさらに増し
岩肌や土に張り付き
鳥や虫を目覚めさせた
その息吹がさらに夜空をさ迷い
たわごとの端々の粗目に糸を張り
母のように細かな編み目を綯い
日の光を待つ

ほたる

「あ、そこの笹の葉裏に一匹のほたるがいるよ」
「あ、左肩の上にももう一匹」
「そこ、そこ、そこよ」
と彼女が飛びはねながら言っている

阿武山は薄墨のように色を抜かれ、平面化した衝立となり
その向こうに夕日が滑り落ちる
暗がりが小川のせせらぎを残し、辺りにわがままに
横臥し始めた頃だった

眼を凝らし周囲を見渡すと、ほたるがいる、いる、いる
藪椿の傍や小川の中の草叢や、そして互いに渦巻いて
立ち上っている十数匹のほたるがいる
ほたるは飛び舞ってもっと輝いて、短い夏の時を手に入れようとし
ほたるのあの小さい火、息する火をして、さらに輝くために
暗がりを呼び寄せている

「ホーホーほたる来い、ホーホーほたる来い」と
小川のせせらぎに同調するかのような声で
彼女の胸元に呼び寄せようとしている
しかし、ほたるによって呼び寄せられたかのような暗がりは
ほたる火によって、自らのさらなる辺際への流れを刻し
しだいにほたる火までにも寄生し犯し始める

ほたる火は舞いあがり
左へ、右へと円い軌跡を残す
舞いあがり、下降し
手招きする指先の近くを滑空し
暗がりの触手をかわしながら
飛び廻る

その暗がりを溜込んだ田の畦道に、無数のほたるが舞っている
しかし、暗がりは色褪せる衣服を纏っている

深遠たる闇になれ切れない暗がりは時のボタンをはずし
闇とのきしむ不協和音にほたるを生かし
ほたるの時を奪おうとする
暗がりには、先に繋がる季節がない
闇や日のように意思がない
しかし、その狭間にあってほたるを追う
やがて来る白々とした朝に暗がりの触手は色褪せ、痩せ細り
その姿はほたる火と共に消えてゆく

ほたるは未来のために飛び廻る
暗がりを利用し
時を得るために光り、飛ぶ

暗がりが白み始めるころ、ほたるは笹の葉裏に
未来の時をやどし
その後、彼女の胸元で永い眠りにつく

いつもの事

いつもの駅で
いつものように電車から降りる
古ぼけた飲食街の小さな路地を通り抜ける
正面に煉瓦作りの大きな建物が目に入る
いつものように入場券を買い
売店の奥の裸電球の光に誘われるように進む
幾つかの分厚い扉の一つを開けた
劇場内のいつもの席に深々と座った
周囲の顔はいつもの顔ぶれである

幕が開く

オーイ　オーイヨ　ホーラヨ
オーイ　オーイヨ　ホーラヨ
ステージの奥に数十人の歌い手たちがいる
暗闇の中にぼんやりとした一条の光が頭上に走り

わずかに歌い手の顔が窺えるぐらいの明るさで浮かびあがり
誰に聞かせるともなく歌い始める
低い音とゆったりとしたリズムだ
頭上の天井に潜む暗闇を打ち消すかのように
張り巡らされた銀箔が現れ
このリズムに呼応して鈍い輝きでゆったりと揺れ始めた

しばらくすると、激しい口調の歌に変わり
箔が破れ飛び散る不安が漂ってきた
不気味な波打である
いつの間にか中央に置かれた一台のピアノの前で
女性が体を左右にゆらし
激しい曲を奏でだした

曲が終わり箔の波が落ち着いたころ
ピアノの傍にひとりの女性が現れ

早口にいつもの出来事を歌い出した
毎日の事　一ト月の事　一年の事
そうして十年の事を歌っている
いつものつもりがいつもではない事は分かっているのだが
頭上の銀箔が何かの拍子でうち破られても
いつもであろうと歌っている

静かだった奥の歌い手の合唱が
ピアノに合わせて
いつもの事の歌に加わった
ここでも私はいつものように足を組んで
歌に合わせて取り留めもない思いを巡らせる

銀箔は時折、私の思いに呼応してゆったりと大きく
膨らんだり激しく揺れたりしているようだが
いつまでも続かないという不安が頭によぎるたびに

劇場の天井の銀箔を見上げる
こうしていつもの日々であろうとするが
時折、あえて深窓に足を踏み込んでみるものの
そこでの長居を避けている

劇場ではいつ終わるとも知れない
いつもの事の歌が続いている

柵《さく》

柵はただ家の周りを囲えばよいものではない
町で作る柵は住人の注文どおりに作っておけば確かにそれでよい
背の高い柵や一跨ぎで越えられる柵やらで、ほぼ住人の顔を窺い知ることができる
町では、私はつべこべ言わずに柵を作る
昔からのしきたりを囲い
日々を守るためにさらに強固な柵を作る
柵ではあってはならないのが柵であると私の独言から、ある漁村でのことを思いだした

それは北の海に面したひなびた漁村に住む老人の家の柵を作る仕事であった
老人は樹木に対してはよく見聞きしていて、柵に使う材料をあれやこれやと考え決めていた
しかし、冬の海からの季節風と雪を防ぐ高さ、太さにいたってはなかなか決めかねていた
柵の高さを誤ると風の方向によっては、一晩で家がすっぽりと雪に埋まってしまう

そこで私は、漁村の家々の柵を見て廻り、いろいろと冬の話を聞いた
やはり、これといったものは未だ作られていないようだ

黒く淀んだ雲が低くたれこめ、しばらくすると北西からの季節風が吹き始める
風はたいへん冷たい
家の何もかもが凍ってくる
それからもっとも恐れている雪まじりの風が吹く
雪は足元から蹴りつけるように舞い上がる
いくら柵の高さを加減しても
柵と家との距離を変えても何もかも埋めつくしてゆく
この途方もない雪から逃れる術はない

老人は考えた末、柵の高さは自分の背の高さの八割ぐらい、太さは一本で自分の体重が支えられるぐらいのものに決めた
これにはそれなりの理由があった

柵はどうやら夏の初めにできあがった
柵の高さがそれほど高くないため爽やかな潮風が家の隅々まで吹き抜ける
打ち寄せる海潮音は、柵の形によっていろいろな音色に増幅され、海の広さほどの思い出を、一枚一枚心地よく巡らせてくれる
座ると海は途切れ途切れにしか見えないが、冬のことを考えると少しは我慢しなくてはなるまい
老人は満足した

海は穏やかである
鳥も飛んでいる
星空の下
老人は柵に立った
座ってみたり、跳んでみたりした
水平線に漁火も見える

しばらくして柵の先端を廻り始めた

柵の先端を歩いて廻ることのできる太さがここにきて初めて必要であった
さらに、柵の根元は一本ずつ地中に埋められているのだが少しは揺れるようになっている
漁村は落日とともに暗がりにまぎれ眠る
柵はそのものの目的を失い全てが昔から何もなかったように静かな夜に溶け込んでゆく
老人は夜を好んで柵を廻った
毎夜、毎夜
何かに憑かれたように廻った
熱気が発生した

ある夜、柵の先端を歩いて廻っているとき
老人は淡い月光を背に受け、宙に浮いているように感じた
ほんの瞬間ではあったが浮いていたのだ
浮かんで頭に過るものがあった

冬、柵の外に飛び出す自分の後ろ姿であったり
海に向かって両手を掲げて走っている姿であったりした

そのうちどうも一晩のうちに何回か柵の揺れをうまく使って
浮かんでは降り、浮かんでは降りている
冬になるとこうはいくまいと、老人は歩き廻りながら感じていた

その冬が来た
家々を雪で埋めつくす冬が来た
雪かきに力尽きると家は埋もれてしまう冬が来た
厳冬が長ければ長いほど、春がつらいのである
春には多くの喪が営まれる
暗がりの中で柵の先端に雪が積る
老人は初雪のさなか柵の先端を歩き廻っていた
柵の揺れるリズムに乗って跳んだ
そして降りた

また、浮いた
降りた

この冬、老人は風に雪に浮かんでみて夏に跳んで感じる事とは異なっていることが解った
暗い海に向かって走っているのだが、なぜか布に包まれ浮いて羽ばたいているような感触を味わっていた
「丸太で作った柵ではだめだ。上って初めて揺れるようでは冬には柵としての機能が失われるような気がする。そうだ布だ、のれんのような布がよい。麻の糸をもっと太くし、ごつごつした布。風に少し揺れるぐらいがよい」と老人は私に話した
私は布では風に耐えられまいと考えたが「冬になると、布に水を染み込ませばよい。赤く染めた水がよい。雪と淀んだ雲と赤い布があり、風に舞った布は十分に凍って硬く平らになる。布の上を廻り、跳んだときのその熱気で、のれんはすでに柵でない大きなリズムを持ったしなやかな踏み台となっているはずだ。リズムに乗り足元の日常の領域からはずれそのまま海の際まで、風や雪の際まで跳び込めそうだ」と老人は熱く語った

ところがこの冬は未だ丸太の柵のままである
ある日、凍って揺れない丸太の柵から飛んだ瞬間、足元の雪にすべり
そのまま深い吹き溜りの中に沈んだ
春が来たが老人の姿は柵の上になかった

夏、私は老人の家に行き、ごつい布ののれんを吊るす
のれんがそよぐ中で姿のない老人とも語りたい

母

母は
波打ち際をどうやらゆっくり歩いているようだ
正確な足どりで歩んでいるようだ
海の深みに入ったり砂浜の上だったりしている
時折、意識の届かない深いよどみに守られ
縦横無尽に泳ぎ回り意味不可解な声を発している

私が枕元で声をかけると、すーと淀みから駆け上がり
波打ち際までやって来る
とりとめのない日常的な会話をする
「元気ですか」
「今日は何曜日ですか」
深い海と云う夢の中から何食わぬ顔をして砂浜に駆け上がり
「ようわからん」といって再び波打ち際を歩み始める

元気な頃の母は、少しばかりの畑を耕し野菜を栽培していた

種をまき、鎌をかざし、草を抜き、鳥や虫を追い払うのが毎日の仕事だった
雨の降らないときは水の確保に苦労していた
畑で耕作する姿は足腰がしっかりし、少しも老いを感じさせなかった

かかりつけの医者から
「近いうちに腎臓の手術をしないと命がもたないよ」といわれたが
野菜作りは止めなかった
その後、腎臓の手術をした
薬害のせいか深い淀みの中にいた
「三カ月過ぎても、意識がもどらないと植物人間になる」と医者から聞く
なんとか回復して、私の家に身を寄せ人工透析を受けた
暑い夏の朝、今度は脳出血を起こした
再び手術を受けた
こうして母の日常が目まぐるしく変わった
今、落ち着いたが呼べば単純な返事がもどってくる波打ち際にいる

夢ぎわ

今日は金曜日
雨が降っている
このまま帰宅するにはどうも気が進まない
潮の香りを嗅ぎながら行けるところまで列車で行こう
そうだ妻を呼ぼう
ついでに特別室を予約しよう
こんな行動をする自分はなんだろうと考えながら
ホームのベンチに座り妻を待った
妻が現れると同時に列車が音もなくすーと入ってきた
まるで妻が列車を抱え込んできたかのようにだ
多くの乗客とともに私たちも乗り込んだ
なにやら視覚がふあーとして
足元が定かでない列車である

列車は快調に走った
ガタゴト、ガタゴトと闇間に音を響かせながら走っている

妻の身には病が巣くっていてやせ細っている
二人はたわいもない話をしながら車窓に滴る雨を眺めていた
やがて妻はうとうとしはじめた

車内アナウンスがあり夜も更けたので室内灯を暗くするとのこと
私にとって都合がよかった
それは多くの乗客がそわそわと落ち着かず
何か得体の知れない雰囲気が漂い
私たちだけが川面に浮いている落葉のようだった
乗客たちはその落葉の行方に
語るとも語れない暗示に冷たい翳りを感じさせる
どうやら妻と何か係り合いがありそうだ
車内の隅々まで目くばりしいろいろと考えたが
結局妻を揺り動かして目を覚まさせる
「おい何か少し変だよ」と私
妻は周囲を見まわし「何でもないじゃないですか」とまたうとうとしだした

疲れが溜まったのだろうか　次の駅で降りた方が良さそうだ
車掌にこのことを告げると何とこの列車は次の駅で折り返すとのこと
「以前からすでにその事はわかっています」と車掌は答え
うつむいたまま悲しげな表情をみせて出て行った
「バタン」とドアを閉じる音で我に返った私は他の乗客にも同じ悲しげな表情を感じた

薄暗いせいかその悲しげな表情は
煙草のけむりのように白くぼんやりとしてうっすらと車内を包み込んでいた
それはちょうど妻が自らの姿の弱々しさを白い布で隠し
そのまま立ち去ってゆく姿に見えた

列車は次の駅から向きが変わり山が目に入ってきた
やがて雨は上がり月夜となった
山際の畑は丁寧に耕されていた
そういえばこの前の休日、妻と大豆の種を播いたばかりだ
もう双葉が出ているだろう

妻が少しうごめいた
胸が痛そうだ
こちらをむいて何やら手招きをしている
「何」と言いながら妻に話しかけたら
「多くの人たちがわたしに向かって病のことで
いろいろと話しかけてきたので両手で耳を塞いで走り逃げて
何かにすがろうとした時　あなたの声がしたの」
車内が明るくなった
列車は街中に入った　そろそろ降りる頃だ
駅に停車すると乗客が少しずつ降りていく
人々はうつろな妻に挨拶しながら降りていく
車内には私と妻だけになった
ゴトゴトと音を立てて列車は終着駅に止まった
「何をしているの　さあ帰りましょう」と妻は
今まで何もなかったかのように列車から降りた
終着駅は何もなかったかのように灯が点々と灯り

駅員も何もなかったように持ち場に立っている

午後六時四十分

高台の団地から夕暮れの山や街を見ている
太田川岸の土手を
車がライトを照らしながら行き通い
白く光る川面は夕陽が沈んで淡い紺色の帯状となる
ガタゴト、ガタゴトと広島から轍を響かせながら
足もとにある矢口駅に列車がやってくる
夜が忍び寄るこの頃
向こう岸とこちらを分ける
川面は
さらに夕暮れを飲み込み
色を濃くし拡がりを持ち始めると
足もとの高さまで盛り上がってくる予感がする

列車が到着した
私は広島からやってきたこの列車に
妻が乗っているような気がしてならない

そして「今どうしょうるん」と到着した列車から
声を掛けてくるのだ

その後、友と夜遅くまで酒を飲んだ
芸備線の最終便にぎりぎり間に合った
乗客は思ったより多い
始めの停車駅は矢賀駅である
その先は戸坂駅である
戸坂を過ぎると私の住んでいる団地では
そろそろこの列車の轍の響きが聞こえてくるはずだ

列車は二両編成である
室内は別段変わったこともなく
天井には明るい電灯が灯っている
「妻が乗っているはずだ」とふと思った
私は次の矢口駅で降りるため先頭車両から

次の車両まで急ぎ足で妻を捜し回るが
どこにもその姿は見あたらない
やがて列車は矢口駅に停車した
降りるかどうか迷っていた私は
後ろの客から背を押されるようにしてホームに降り立った
ほどなく列車は次の駅へと走り出した
遠ざかる列車やホームの私を、離れた土手の上から俯瞰し
茫然としている私の姿が頭に浮かんだ
その時、闇に消えようとする列車の窓から手を振っている
妻の姿が目に入った
「今どうしょうるん」

一瞬とまどった
我に返った私はホームの端まで走り寄ったが
妻は少しずつ闇間に消え、ついには見えなくなった

牧童ロボット

山脈の足元の台地に放牧場がある
牛とは別に三つの銀色の塊が蠢いている
自立型のロボットだ
そのロボット達はせわしなく動き回って牛を監視する
牧場のおやじの手足だ

ロボットの頭脳には人の目にあたるカメラで映像を撮り、反射的に次の行動がとれる程のわずかな能力が組み込まれている
放牧場の敷地内や山脈遠影の春夏秋冬の佇まいまでも組み込まれている
それぞれのロボットの活動領域は定められているが
朝夕などに牛を牛舎に誘導する道程の重なり合うわずかな領域だけは共通使用地として認められている
しかし三体が一緒に集まることがないように、また牛やロボット同士の衝突を避けるための、幼稚な学習システムも組み込まれている
二年間牛とともに動き回ったロボット達は幼稚なシステムでもそれぞれの領域、地勢

によって個性が生まれた
斜面をもつ領域のロボットは利き足が左足になったり、風の通り道のある領域のロボットは他より風に敏感だったりした
また日当たりのよい処のロボットは花と牧草とが見分けられるようになった
さらに二年がたつと中央の共通使用地に集まり、手ぶり足ぶりの会話の姿がみうけられた
北風が吹くと一体は腕を上げ左右に振らし、別の一体は左足を前にして体を構え、残りの一体は花を指さし「北風が強い頃黄色い花が咲く」と会話し、それぞれの知識として蓄えた
ロボットが利き足を前にし、右腕を振り、左腕で花をさす
この一連の動作で秋の黄色い花を示すロボット語が生まれた
おやじもこの異常動作を遠くからみて解析を怠らなかった
さらにいつまでも子供のようなロボットを哀れみ牛達の動きに異常のない限り共通地に集まれるより進んだシステムを組み込んだ
機を見て誰が言うともなく集まり「ガチャガチャ」と会話を始めだす

あるときなどはまるで未開地の土人のように三体が派手に踊っているようにもみえた
牧場のおやじは驚いた
ロボットが自制システムを超えた行動をしないか
命令系統が歪んでこないかの懸念だ
無論おやじはロボット語の解析と記録を続けている
ロボット達は、このすすき野台地で多くを学んだ

台地の時は流れる
春の日を受けて草木の命を育み、その香りで辺りを満たした
夏には心地よい涼風が舞った
秋には実りをもたらした
冬は連綿と続く季節の営みへの備えとして、堅く小さな種を守ることを忘れない
夜ともなるとすすき野の空は、星で埋め尽くされた
ロボット達はその無数に散らばる星を指で追った
星の位置とあたりの気の微妙な流れから、季節がめくられ、台地に漂う波動を計算し
草木や風の去来に流れない天の息吹を感じた

ある暖かい日、おやじが例の派手な踊りに加わった
三体の踊りが突如中断した
ロボット達はしげしげとおやじを見つめ、指で体を触れたりして少し離れた処で何やら「ガチャガチャ」と踊りだした
元に戻ると三体は不動の姿勢を取った
おやじはこれを見て満足し、ひとり踊りだした
それを見た三体はおやじに応えるべく踊りだした
「挨拶」をかねた「日和話」のロボット語だ
三体とひとりは激しく舞った
たわいのない舞いの裏には何もなかった

秋になった
人知れず、すすき野を分け入る冷たい風が忍び寄ってきた
黄色い花が咲いた
三体はこの黄色い花に愛着がある
風はすすき野を分け、冬の到来を告げようとしている

銀色の穂が揺れている
おやじは牛舎の窓から揺れるすすきを眺めながら感慨深げに指折り、ロボット達がこの牧場に置かれた日々を思い起こした

秋が揃い、多くの黄色い花が枯淡の趣を深めた
この穏やかな秋の天候が一瞬にして変わった
北西方向の山脈の向こうに黒い雲が辺りを掻き消すようにねじれ昇り雷を伴って、凄まじい勢いで近づいてきた
三体は雷の強力な電磁波をまともに受け、体全体がピクピクと痙攣しはじめ、地面に叩き付けられた
雲は秋日を閉ざし、野分の風はさらに勢いをました
まるで大木が飛んでいるような硬い風だ
なんとか起ち上がったロボット達の動きが急に滑らかになり、風に揺らぎだした
その瞬間「風に乗ろう」と踊り、風の背に跨った
そして風と共に去った

嵐は去り、おやじはあちこちに散らばっている牛達を集め数をかぞえながらときおり
共通地を窺った
ロボット達の姿はないが、再びすすき野に黄色い花が咲き乱れるころ、姿を見せる気
配を受け取った

星

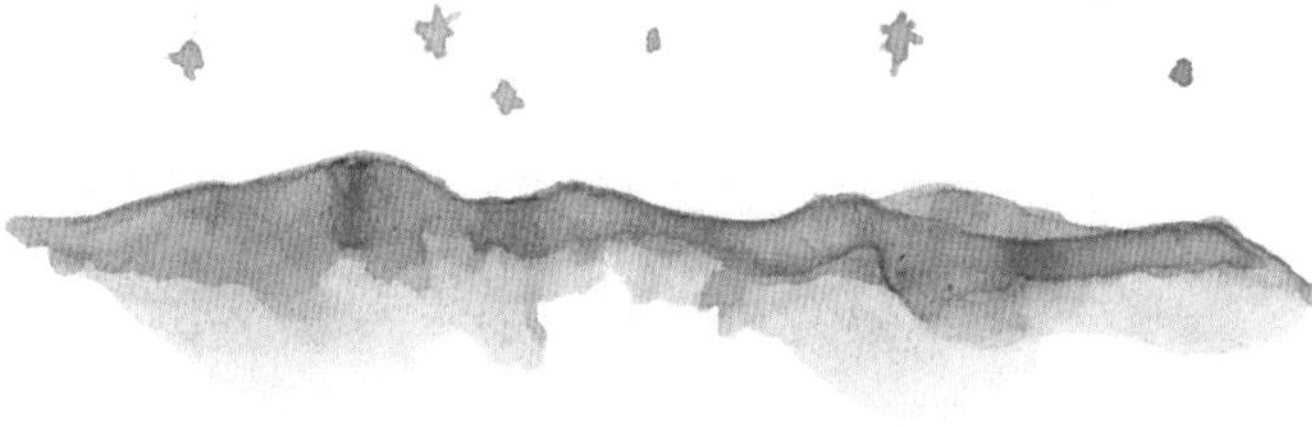

残雪の中国山地。

夜、深入山の裾野に二人はいた。

幽かな雪明かりのなかに
頭を押さえつけられそうな数の星があった。

両足で踏ん張っても、軛でもないと押し倒されそうだ。

「オリオン座が真上で輝いているよ。あそこに。ベテルギウスが赤く染まっているね」

「そうだね、赤いと言うことはあの星が今、爆発したかも知れないし、一カ月前かも、あるいは十年、百年前かも知れないね。でも、爆発した時の光エネルギーがここまで届くのに六百六十年かかると言われているよ」

「そんなに、私って生きておれない」

「とてつもなく遠い話かも知れないが、こんなに遠い話をいくら並べてでも星の向こうの宇宙の端には届きそうにもないね」

「宇宙の端ってあるの」

「わからない、端のことを考えること事態がおかしいことかも」

「それは、妄想って言うこと」

二人は暫くの間、星の重みに耐えながら接ぎ穂もなく黙っていた。

「そうそう、隣のご主人が半年前の出勤途中、突然亡くなられたとき奥さんが目に涙をいっぱい浮かべて『突然、藪から棒が出てくるように、透明な壁の向こうから大きな腕が出てきて、主人の心臓をえぐり取ってどこか遠くに消えてしまったようで。あれは何だったのだろう』と言っておられたのよ」

何か自分達にも降りかかりそうな話で、深入山の頂から吹き降りる冷気が肌を刺し二人は身を震わせて

「私たちが窺い知れない処にあのご主人は行ってしまわれたのでしょうか」

「そうだね、ご主人が行かれた処と、あんがい宇宙の端は同じ処かも知れない」

幽かな雪明かりの中に、はっきりと夜空に横たわる深入山の稜線。

その稜線を描く落葉したブナ樹のひとつひとつの梢で、きらめく星々を眺めるにつれて、瞬きをするあいだの先さえ、つかみ取れない苛立ちが湧き起こり、二人はその場で一点を見据える事ができず、意に反し茫漠たる虚飾に振り回された。

辟易することも咆哮することもできず、震える両足で踏ん張っている。

耐え難い震えから、体中に纏わり付いた薄氷が音をたてて瓦解し始める頃、彼女の瞳は、例の赤い星の輝きを一心に捉えていた。

「わたし、ここにこうしていると、今まで着込んできた物を全て脱ぎ捨てて裸になった感

じよ。聞こえるのは星の眩きと心臓の鼓動だけになってきたわ。他には何も感じないの。このまま土の中に押し潰されるのかしら」と彼女は動きのない黒い瞳を私に投げかけてきた。

私は一瞬、鈍色に沈んだその瞳を受け止めがたく「そろそろ宿に戻ろうか」とかわす。帰る道すがら「ここにもあの奥さんの言っていた透明な壁があちらこちらにあるかも」

「いやいや、そんなものはどこにもないよ」

「ふーん、帰ろう帰ろう」

宿を包む灯がだんだん見えてきた。

洗い晒しの作務衣を纏った、初老の山荘の主人が笑顔で出迎えてくれた。

「星は重たかったですか。私なんぞ毎日のことだから、別に何とも思わないのですが」

「ご主人はここにいて本当に何も感じないの」

「毎夜、私はもっと遠くの星の懐を彷徨っているよ。夏や冬は特に楽しくね」と笑いながら応えた。

「体が冷えたでしょう。いい湯が沸いていますので、さあ入りなされ。湯に浸かると格別ですよ」と大きな両腕を差し出して、湯殿に案内してくれた。

多結晶体

この半年あまり、ある金属の単結晶体を作るため悪戦苦闘していた
装置が古いので炉内の温度が定まらないのか、それとも不純物によるものか、淡い黄色を帯びた複数の結晶からなる多結晶体しかできなかった
つい先日、夜遅く実験室の蛍光灯を消して帰ろうとすると、机の上に置いていた多結晶体に月の光がさし込み内部で屈折し、何とも言えない懐かしい色を発した
色は黄色であったり濁った赤みを帯びたりし、壁や天井をぼんやりと照らし出していた

何か来し方の方法に限界を感じ、旅に出る

列車は山間を抜け、田畑を抜け、小さな町を抜ける
急に目の前が明るくなった
海に出た
さらに海と山の際を半時ばかり北上した
日本海に大きく張り出した半島のその付け根のあたりに、深く入り込んだ入り江がある
入り江はわずかばかりの平地を構え、その中央部あたりに列車は止まった

古びた駅舎は、急峻な稜線の山を両肩に従える山あいにある
空は晴れわたり、迫りくる木々の緑の恥じらいがまぶしい
友を待つ

振り返れば、昨年の冬、数日の休暇を取り、一人ここに来た
ただ冬の海を見たい思いで
宿から出て近くの居酒屋に向かった
満天の星と肌を刺す北風にほんの少しの粉雪が舞っていた
ぼんやりとした灯を映す格子戸を開けるとストーブが勢いよく燃えていた
それでも寒い　天井の隅にはつららが下がっている
他に客はいない
干し魚をかじりながら店の主人とたわいない話をしていた
ほどなく一人の女性客が入ってきた
やがて三人の会話となった
ひょんな事から山裾の岩壁に囲まれた古い祠の話になった
早春の夕暮れ、雪を掻き分け祠の前まで登ると、岩壁が赤く変色するという伝説で

あった
私はあちこちにある類いの話だろうと気にも止めなかった
宿に帰りすがら、家々の灯に肩を寄せ合う人々の暮らしを感じた
朝、海を見ようと出かけると家々の軒下の路地には多くの露店があり
にぎやかな人々のやりとりに気圧され、昨夜との違いに困惑した
ふと祠のあるあたりを見上げた
雪に埋もれて見えるはずもなかった

二人は駅舎を出て、さっそく車に乗り祠に向かう山道を走った
急な石段を喘ぎながら無言で登った
日が傾き、あたりを夜のとばりが包み始めた
二人は石段の最上段に座り込んだ
家々の灯がぽつぽつ灯り始め、やがて光の集まりができ残照の空に放たれた光は深く
入り込んだ入り江や山々を包み込み、それでもあり余る勢いだ
その中に垣間見る細々とした町の営み、瀬の匂い、土にまみれた人々の会話がはっき
りと感じられ、それらは足元で渦巻き、残照と相まり、岩壁を赤く染めはじめた

私はあの居酒屋での話を思い出し、身じろぎできない体の縛りを覚え、ここから鳥のように滑空して、町の中に飛び込みたい衝動に駆られた

彼女がぽつぽつと話し出した
最近まで、大学で病の先端医療に長らく携わっていた
ある日、精密機器が鈍く光る冷ややかで閉ざされた治療室で、病の体にメスを入れた時、他の正常な臓器が規則正しく鼓動し生きようとしている力に抗しきれない気力の不安を感じた
その後、この町の医師募集の記事を読み、引かれるように単身やってきた
その年の早春、麓から雪を掻き分けてここに来ていた
雪に埋まった家々からの今にも消えそうな灯は、暮れなずむなか、辺りの寒気に触れ、冴えわたっていた
家々は悠然とした佇まいで、人々が肩を寄せ合っているさまが、まざまざと浮かびあがった
彼女は、病に侵されても生きようとする小さな力をこの冴えわたった光で包み込むと手ずから完治してくれるのではなかろうかと感じた

さて、私の住んでいる街ではどうだろうか
人々の間では味気のない会話がなされ、やがてそれらは頭上で雨雲のような層となり
漂う
あの町にあった手垢にまみれ揉み解された会話ではない
夜ともなると幾層にもなり、やがて肩にずっしりとのしかかってくる
隣の人もまた隣の人も層を背負っている
層と層とが複雑に絡み合い肩から腰へ、腰から足元へとまとわり付き身じろぎできな
くなっている

こんな街でも今しばらくは居よう
あのできそこないの多結晶体は、それはそれでよいのだが
やはり単結晶体を引き上げなくてはなるまい

つるの時

つるりんどうを鉢に植えた
つるは小さな四、五本の竹にうまく絡まり葉数も増してきた
奥深い山中にひっそりと花をつける植物であるが
夏の強い日差しの中、数多くの蕾をつけた
つるもしっかりと絡まっている
未だ白っぽい蕾であるが
梵鐘を思わせる姿に近づいている
もう一週間もしないうちに
紫色のきれいな花を咲かせてくれるだろう

いつものように水をやってはいるのだが
どうも様子がおかしい
蕾がいつまでも色づかない
それに茎や葉もかつての勢いがない
日陰に鉢を移したりはしたが、状態は悪化している
やがて力つきたのか枯れた

数日後、竹を取り払い根元の土を掘り起こした
どうしたことか、根の部分の芋が黒っぽい薄皮のみ残し
中身の澱粉が全くなくなっているではないか
花を咲かそうとあらん限りの力を振り絞ったのか
最後の最後まで暑さに耐えてきたのか
薄皮の内部にできた空洞に虚しさのみが打ち響き
色褪せた薄皮が私を睨みつけている

つるりんどうは力尽きたのではなく、
意外にも、山の中にあって包まれてきた
陽に透ける若葉の葉擦れの音
セミの赤く熱した鳴き声
枯葉のかさこそと舞う音
雪の積る音で
満ちるとはじめて紫色となるのだ

私は、すぐに崩壊しかねない朽ちかけた言葉の上に
不要と思われる新しい言葉を乗っけ続けている
しかも街なかの私でも、言葉に絶えず
水を注いでやらないとすぐにでも枯れてしまう

我が家のそば、溜池の堰堤には視界を遮るかのように
葛のつるが背高に伸びている
つるはあちらこちらから無数の触手を伸ばし
足元の小さな花をつけた雑草にも
私のやすらぎとなっている細々としたこの道にも
覆いかぶさり
無造作に行く手をはばむ
夕暮どき
あのりんどうが、葛のつるの仮姿で私の言葉に巻き付き
鼻先で音もなく重苦しく舞う

登り窯

中国山地の峠を車で小一時、日本海に向けて下った山あいに村がある。夏は木々が鬱蒼とし、押し黙った様で辺りを薄暗くするが、秋になると山々が燃えて明るくなる。家々は村の中ほどを流れる小川の両岸に点在しており、岸辺に自生した彼岸花に囲まれて、村をさらに明るくする。

その村を囲む山あいの一画に、朝から木を切り倒す甲高い音が木霊している。数人の男たちが赤松を切り出している。老人と若者達が、来年の窯に火入れするための薪刈りに来ていた。急な斜面に立つ赤松に天を突き射すような一本の枝がある。向かいの斜面から、腕を組んだままその枝を眺めている老人がいた。

ひとしきりして、「その松を切り倒せ」と一人の若者に合図をした。若者も心得ていたようだ。辺りは紅葉のさなかである。燃えるカエデに囲まれたその松の緑は、まるでカエデの緋色が天を焦がす勢いを演出するかのように、黒子となって屹立していたのである。

登り窯は老人がまだ少年の頃、父とまたその上の父によって茅屋の庭に作られた窯だ。この登り窯は薪を投入する大口、一の室、二の室と捨て袋を経て煙突に続く炎道があり、山麓に向かって傾斜した庭に作られている。一の室と二の室には、すでに土から作られた器が入っている。

　裏山から日が昇ると同時に窯に火が入った。大口から薪を入れるたびに炎が音を立てて辺りを熱した。いよいよ三十時間にもおよぶ炎と土と老人との戦いが始まった。

　炎には、未だ老人の経験を超えた見えない動きがあり、土本来の姿を冷ややかで鈍く光る地肌へと自在に変転させる。

　このため、老人の秘めた思いがかえって呪縛となり、超えなければならない壁として、大きく横たわっている。

　燃えよ、燃えよ。闇を焦がし、土を震えさせ地響きを起こせ。

「今回は調子がいい。ひょっとすると素地の上に適度な灰かぶりと濃い緋色が出る酸化状態になりそうだ」

　星が闇に浮かぶ頃、釜の温度は千度近くまで昇がった。

　老人は例の切り取った赤松の枝を杖にした。杖の頭に両手を置き、つんのめりの姿勢で土間に踏ん張った。ときおり、目を閉じ地鳴りを聞き、土壁の息を窺う姿には従容とした時が流れた。

「調子がいい」

しかし、夜明けまでは長い。星の消えるその間、経験から来る五官が瓦解せず耐えられるだろうか。杖に支えられる腕に力が入る。いま、炎は身勝手に動き回っているようだが、何時ものように落ち着いて火炎流の変転の兆しを捉え、一瞬の大気の振動を、窯の機嫌から薪の量を、見誤らなければよいのだ。

ときおり星が、窯を包む外気が、葉擦れが、不安に満ちた老人の心に突き刺さる。

「来年の窯焼きはできないかもしれない。気力、体力は限界に近い。生涯の窯焼きは最後かもしれない。この薪入れの瞬間、瞬間が、今までの五十年の窯焼きの経験の密度を濃くしたものであればよいが。さらに、今からの二十年、三十年いわんや百年後までの時を超える土となってくれるだろうか」

ゆっくりと千三百度まで温度を昇げた。すでに火炎の回り込みが二の室に入り、室に置かれた器を赤熱させている。

問題は、一瞬の外気の乱れにより、火炎回りの攪乱である。これを見逃すとここで百年が吹っ飛んでしまう。小川べりに、蛍が舞っている。外気は乱れていない。

「よし、よし」

老人は星を包むほどの一枚の布を思い浮かべた。星が持つ永い時の縦糸と自分の持つ瞬間の横糸の接点に、今、立とうとしているのだ。

「瞬間が見えなければ、永遠も見えないのだ」と自分を諭した。


「左の小口だ」「右だ、右。今の一瞬が見えないようだったら百年は動かせない」と多少疲れの出始めた体を杖で支え、若者に指示する。新たな幾束かの薪が火炎となり、器を舐め、次の室に回り込みさらに器を舐め回し煙道から消えて行く。ただただ地鳴りから火炎の流れを見極めればいい。耐火レンガやそれを覆った土壁もよく耐えている。火炎は室全体に拡がってる。

「この調子で闇に貼りついた星が持つ時の流れを取り寄せ、素地の肌に焼き込むのだ。何も心配はない」

老人は星を仰いだ。星はかなり西に動いている。

「もう少しだ。もう少しだ」自らを納得させるようにつぶやく。


地鳴りが変調してきた。

「右、右、右だ。何をしているんだ」

老人は怒鳴った。異常な地鳴りは変わらない。

老人の眼底に宿った淀んだ迷いの光が一瞬晴れた。すかさず手許の杖を矢のような速さで、大口に投げ込む。杖の先端が二の室に届くか届かないうちに燃え尽き、灰が舞った。

固唾をのむ。

沈黙が押し広がった。


どうやら地鳴りが収まり、老人と若者の顔に安堵の色が流れた。「よし、これでいい。これでいい」

星は火炎に添われ、赤熱した素地の肌に吸い込まれたかのように消え、あたりが白ずんできた。老人と若者は最後の仕上げに、大口に、左右小口にレンガをあて目地に粘土を詰めて、長い、長い時間をここで終えた。

「五日間ほど冷却する。待つのだ」

田植えを終えた田が闇から現れ、その水面に若葉の山々の姿を浮かせ、朝日を受け、窯が今までの炎の演舞の余韻を惜しむかのように赤く染まってきた。

常《とわの》階《きざはし》

我が家の近くに観音様を祀った小さな祠がある。境内にはムクジロや数本の桜の木があり、熱さを撒き散らす蟬しぐれの中、一歩一歩と祠に至る石段を上って行く。さほど高くない石段の中程で突如、辺りが暗くなり石段が瓦解し下まで滑り落ちた。怪我はなかった。振り向き見上げると、強い夏の日差しを背に受けて立つ老人の姿があった。「おまえは潰れてしまうぞ」と叫んだ。「はっ」と夢から覚めた。あの夢は何を意味するのかと考え悩むが、思い当たる節はない。

数カ月のちの冬、二階の寝室の四枚の襖の汚れが目立ってきたので、水彩画でも描いてみようと思い立つ。失敗すれば張り替えればよい。

空は絵の上五分の一ぐらいとし、色は少し濃い群青色。空と山の境、四枚の中央よりやや左側に槍ヶ岳のような尖頭を置く。山並みの色は手前に向かってだんだんと緑を濃くする。それから、田畑のある山里である。右端の襖には、木々の葉擦れのざわめきが山里に響きわたる小山を描き、その裾は隣の襖まで延びる。裾の畑で耕作する百姓を数人立たせた。鍬や竹で編んだびく（背負籠）を畑に置き、頭だけこちらに向け、目は私を見つめる姿である。

小山の中腹に山寺と長い石段を描きながら、ふと、以前夢を見た夜のことを思い出した。

「あれは一体何だったのか」と冷たい朝霧が現れては消えていくように不安が現れたところに、背後に人の気配を感じた。

「この石段は山寺で終わるのか」と訝しながらの枯れた声があった。

「そうだよ」と応えた。「どうも気に入らないな」と私の顔を鋭い目つきで覗き込んだ。

「そんな事どうでもいいじゃないですか。描くのは私だから。そもそもあなたは一体何者ですか。絵の中から勝手に飛び出て来て、とやかく言って。私のこの黒い絵具であなたを一筆で消すことだってできるのですから。畑に戻って仕事をしたらどうですか」老百姓は一瞬、たじろぐが「ふん、消せるものならば消してみろ」と強い口調で私に突っかかってきて「俺は君そのものだ。畑に置いたびくは今まで君が背負っていた。そのびくの中に俺たちがいたのだ」と座り込んで腕組みをし、好きにしろといった態度だ。

「あの竹で編んだびくはいつも君が背負っている。しかし、何か意にそぐわないことに思いを巡らせるときは、荷が重いためか畑にあるびくのように足元に取り投げてある。中にいる俺たちはその時、外に飛び出すのだ。この絵の空も山や田畑も百姓になっている人びともが、このように出ている。幸い、今日は冬でも暖かい。春の萌しの香りが漂う畑で種まきの準備に精を出しているのだ」

何やら状況が見え出した。日頃、思い悩み、苦悶や孤独に耐えていたりしているものを言葉に置き換え、無理やりにびくに詰め込んでいるのだ。詰め込んだ物が消化不良になりびくから吐き出ようとすると、肩からびくを下ろし身軽になり、野山を駆けずり回る。だが、あの夜の出来事は今まで私の身に覚えのない物を背負ってしまい、微かではあるが、立ちはだかる影のような物を引きずってきた。老人に改めてあの石段のことを聞いてみる。

「君はあの時、石段へと続く坂を上っていた。何か深く考え事をしていたようだ。坂道に小石ほどの岩が露頭して、それに躓き、滑り落ちたのだ。あの言葉は老人の声でなく、びくの薄暗い底にいる君の言葉がすり潰された呻き声だ。君の様子からして、石段を描いているのを見ると、ひょっとするとあの悩みの解を得たのではないかと思い、傍に寄って来た。しかし、石段に多少のコケが塗られて工夫はあるが、山門を通って山寺で止まっている。これでは、解は得られてはいない」

そうか、私はあの時、ささいな陰翳に取り囲まれ、破れた靴底を庇うような姿で上っていたのだ。足の裏にびくの重みを感じていなかった。夏の熱風に飛ばされそうな日常のもがきがあった。そこから逃げるようにして坂を上がり、ああ涼しいよ、ああ眺めがいいよと家々や田畑の日常の上っ面を眺めようとしていたのだ。山寺で止まった石段はそれを象徴していたのだ。

老人は「潰れから逃れられる方法はこの絵の全てが入ったびくを再び背負って、絵に描かれた石段を上ることだ。そうすれば、いま見えていない上っ面の底が光に晒される」

「やがて、夕日が落ち星が現れる前のいっとき、空が群青色に染まる。それ、その空に君の背負うびくの中、まだ絵に描かれていない星々を描き入れなさい。しばらくすれば、描かれた星々は輝きを増す。白々とした夜明けがやってきて、消えかかろうとする他の星々とは違い、輝きを失うことなく薄青く澄み切った朝空にも残るのだ」と言いながら畑仕事にもどった。

私を凝視した百姓達の目を、やわらかな冬空を仰ぐ姿に、石段は星々に届くまで続くように描き変えた。畑に置いたびくを背負った。歩き、上るほどに足の裏で石段が反発し、描かれた星と山並みと百姓やらはさらに重みを増してきた。

言葉の積木

「どうも変だ。登山道から外れている。この道はひょっとすると獣道ではないのか」辺りは薄暗くなり先程までブナ林の中で木漏れ日が蝶のようにひらひらと舞っていたが消えた。やたらと巨大なブナの樹があちこちに突っ立ち、幹の上部まで砥草色のまるで蜘蛛の巣の網のように張り巡らされ苔が這い上がり、薄暗さの巾をいっそう深めている。さらにシダは、太くくねくねと曲った枝に、襞のように垂れ下がり、林を閉じてしまう。

「どうした事だろう。この道をこのまま進んではいけない。引き返そう」

振り返ってみるが道はない。消えている。膝の古傷の痛みをかばうように、山肌の斜面を下っているために右脚に力をいれ、左へ左へと無意識の内に北斜面のブナ原生林に迷い込んだにちがいない。少し休もう。

ここ東郷山（標高九七七メートル）は湯来町の大森神社から頂まで二時間余りのコースである。

頂は雑木で視界を遮られ展望がきかず、北側にあるもうひとつの峰をめざす。湯の山温泉まで三時間半のコースだ。時計は十時を示していた。頂から少し下がると南斜面はスギやヒノキの薄暗い杣山となる。北斜面はブナの原生林が広がり、ブナの萌木が風になびき、林を満たすほどの波紋状の呼吸に原始の佇まいを見た。

ここに来るまでは、日々、言葉の積み重ねをすればするほど大きく右や左に湾曲し、崩壊寸前の言葉の積木があった。これに新たな言葉の楔を打ち込み、修正しなければならない。東郷山にはブナの原生林があり、ブナのもつ原始の呼吸と差し交えば言葉の積木の崩壊は免れるかもしれない。

しかし、こうして道に迷ってしまったからには、修正どころか崩壊を助長するだろう。

さまようにつれてブナの巨木に閉ざされた林は徐々に光を失い、行く手を阻まれた風は足元に淀み、山肌は水を涸らし靴の裏でガサガサと音をたてだした。私を囲んでいるブナの葉は、私という異物のため張り詰めた原始の呼吸との調和に耐え切れず、粉々に裂かれ、闇を構成する黒い破片となりあちらこちらに降り注ぐ。不用意に露出した私の皮膚にも無数に突き刺さり、痛みと焼き爛れたような熱さで身体は小刻みに震え始めた。転倒しそうな私の身体をどうにか支えていると、言葉の積木は今までよりもまして湾曲し、震える身体を包み込むように足元までだらりと垂れ下がり、心許ないがこうして自らを閉じ込めると不思議に震えが止まった。

「そうだ尾根の背に向かって登ろう。背には登山道があるはずだ」

斜面に留まるとますます閉じ込められる。姿勢を低くし四つん這いになって登る。ブナの細い根っ子を掴み何とか這い登ってゆくと、周囲の景色が変わった。前方に白くぼんやりとした二つ三つの壁が現れた。何かがある。何かがこの状況を何とかしてくれるかも知れない。指先が血に染まり、長い時が流れていた。

壁は意に反して岩壁であった。表面は乾ききってザラザラとしている。一つ目の岩壁の下を迂回する。次も壁に沿って進むと、大きな岩壁の中程に横たわる狭い棚の上に私がいた。

「何でこうなったのだ。今からどうすればよいのだ」と足元の不安定な棚にしゃがみ込む。

岩の周囲以外は視界がほとんどない。

時計は十四時を示していた。


棚を横切ると再び暗いブナ林に入った。自らの身体を包み込んだ言葉の積木は、ブナの小枝に引き裂かれ、岩角にすり切られ、ぼろぼろになってくる。このまま修復しないでいるとどうなるのだろうか。ここで朽ち果てて骨となった身体を苔や菌類が覆い尽くすのか。

「ともかく尾根の背に登ろう」

暗いブナ林をさまよいながら言葉の積木の修復を試みる。しかし、茶色にくすんだ積木や薄く透けている積木や朽ちて剥離しそうな積木や、およそ頼りないものばかりが手元に残っている。積木が積木を呼び別の姿の積木へと膨らんでいきそうな物は見あたらない。言葉の底が見えだしたのか。

何か鈍い動きが向かってきて、皮膚に触れ通り過ぎた。その冷たさの感覚が消えるころ、暗闇の奥から音がしてきた。キィーン、キィーンと小高い不気味な音だ。この音から鉱山で働いた抗夫の話を思い出した。暗い坑道の中で崩落事故が起き犠牲者が出ると、セットーの鏡打ちをしながら日の当たる地上に遺体を運び出す儀式があるそうだ。しかしなぜ、積木がぼろぼろのはずなのにこんな幻想を呼び起こせるのかと滅入る。

痛む足を引きずりながらさらに進むと音が微妙に変化し、音は子守唄のように聞こえた。さきほどの岩壁にある尖塔のような岩片に風が当り、振動しているのか。

閉ざされたブナ林は言葉の積木には苛酷である。

継ぎ接ぎだらけの積木に、止めの誘いをかけ崩壊させようとする。ここに何百年も不変に居直ったかのような閉ざされたブナ林は容易にその網を解こうとしない。

皮膚が子守唄の波動を捉えた頃、前方にわずかな光を見た。遠くにふたつの赤い光があった。まるで闇を餌食にし、いにしえに生きる蜘蛛の眼球のように光る。近づくと、赤い不気味なふたつの眼球は少しずつ膨らみ、私を吸い込もうとさらに大きな半透明な球となった。球はやがて、引き裂かれ、すり切られ、継ぎ接ぎとなった積木をその赤い薄い膜で包んだ。

赤く染まった頭上にブナの葉が舞い、さらにその上に青空を見せようとしている。時計は十八時を示す。外には未だ日の光があるのか。

薄い膜に包まれ暫くじっとしていると、意外にも弱々しい積木が空に向かう階として姿を変えてきた。その階はブナの丸太のようなしっかりしたものだ。両手、両足で一歩一歩上るごとに、まるで足の裏が磁気で引きつけられたかのような確かな踏みしめを感じた。慎重にゆっくりと上って行きたい感覚と、早く逃げ出したい焦燥感とで頭上の膜を破り、閉ざされたブナ林をぬけた。一面、腰ほどの高さのある熊笹の斜面に出た。だらりと垂れ下がった積木は意外にも枘され、揺るぎを感じなくなった。目の前の幾重にも連なった山々は赤々と残照に染まっていた。

錆びた言葉

その町は丹後半島の付け根にある。比較的なだらかな山裾から幅の狭い川があり、傍らに小さな漁港がある。漁港から少し上ったあたりには家々がひしめき、その中に温泉宿がある。何処でもあるようなこぢんまりとした風景であるが、冬の波頭はこうした人々の営みを今まさに呑み込まんと荒れ狂っているその最中に私は宿に入った。

「今日は季節風が強く雪交じりだからここまでの道中がたいへんでしたね」と奥からやって来た女将さんが気の毒そうに言った。雪や風もさることながら長旅の疲れもあって「うん」と一言いって早く部屋に案内して頂くよう促した。


旅装を解き、お茶を頂くとほっとし、気持ちが落ち着くと、少し気を鬱ぐことが頭を過った。十字路の交差点にさしかかる手前で、何事か話し込んでいる二人の老婆に宿までの道筋を尋ねたところ、不機嫌な顔つきでその方向を顎でしゃくった。何かいやな物に触った気持ちが、交差点で出会った横なぐりの雪に増幅され足取りが急に重くなった。このことを女将に問うた。女将は少し考え込んで重い口をあけた。

「もう、何年も前からイカや青魚の不漁が続いて、特にこの冬は海が荒れっぱなしで漁ができないんです。若い人は都会に出て行ったきりで、町は活気が失われそのしわ寄せは、年寄りにも出ているのですが、誰もどうしようもできないんです。自分の生活が精一杯なんで」と一気に話し込んで「最近感じているんですが、口々の会話が重くなり言葉に錆が浮いているように思え、みんながとばっちりを受けないように喋らなくなったんです」女将のまなこは荒れた海をみやり、一瞬、底のない闇のような翳りに覆われた。
　私は言葉に錆ですか、と呟いた。

　防波堤灯台の赤や緑の光が出迎える漁船がないまま、荒れた風や雪をくぐり抜け窓から虚しく差し込んでは萎えしぼんでゆく。ときおり突風がやって来て、寝転んでいる畳を突き上げたりして私を寝かせない
　言葉にはふたとおりの往き方がある。一方は死滅であり、それに関わる事柄をすべて消し去る。もう片方は増殖である。次から次へと新しい世界をつくり、いずれはすべてを染めてしまう。良くも悪くも人々はこの両方の波に翻弄される。言葉に錆が浮くということは、この日本海に面した小さな町が、漁港が、この宿が今までの営みを捨て、いずれは地図から消滅することなのか。寂寥を帯びた防波堤灯台の光がいつまでも点滅し、部屋の障子や襖を錆びつかせるかのように虚しく照らし出している。

　いつの間にか眠ってしまい、潮の匂いに誘われて目が覚めた。風や雪は夜明けと共にい

ずこかに消えていた。宿の前の海に面した小さな庭にテーブルがある。一人たばこを吸いながら薄曇りのなか寒さに耐え、海をながめていた。ほどなく、女将が熱いコーヒーを持ってきてくれた。
「昨夜は眠れましたか」と一言声をかけてきた。
「うん」と返事をしたが、寒さのためか二人とも黙っている。

あなたに海があるように
わたし〜にも海が〜ある

「ほら、聞こえるでしょう。風と打ち寄せる波との奥深く、霞んで見えない地平線の彼方から」なるほど確かに聞こえる。聞こえる。

母の心の海が〜ある
疲れたあなたを
眠らせる海が〜ある

何か昔、どこかで聞いたような歌が虹の架かったような微かな彩りの空の中から聞こえる。たぶんまだ勢いの残った波の力が、港を取り巻いたコンクリートの防波堤とその傍らの岩礁とに打ち寄せた音がいったん辺りに飛び散り、風に揺らいでできた歌だろう。

「本当は豊かな海が目の前にあるはずなんですが、今はほんの少しだけの恵みの海なの。ええ、あの歌のように今にも消えそうな少しだけの恵みの海。今、蟹が捕れる頃なんで、このように波が少しでも収まるとああしてエンジン音を高らかに港を出て行くんです。漁師はみんなあの歌を感じながら港を出て行きます。ああでもしなくては本当に錆ついてしまうんです」女将は、「町のみんなは油代もでない漁獲高だと知ってるんですが」と、寒さをこらえて小さな溜息をし、自らを納得させるように言った。

あの歌は波や風の力加減と、微妙な海水温で成り立っているのだろう。しかし、海水の温度が上がり、温暖化という言葉が生まれてきた今、やがて歌は消えていくのだろうか。漁師、女将、そしてこの私にもさらに意図しない言葉の増殖の卵が、内懐に宿されようとしているのだろうか。

だがまだ、かすかな歌を奏でる海があり、聴く耳がある限り、徒労と知れた漁であろうと錆を散逸させる歌がある限り、人々はしぶとく生き続けるだろう。

山行

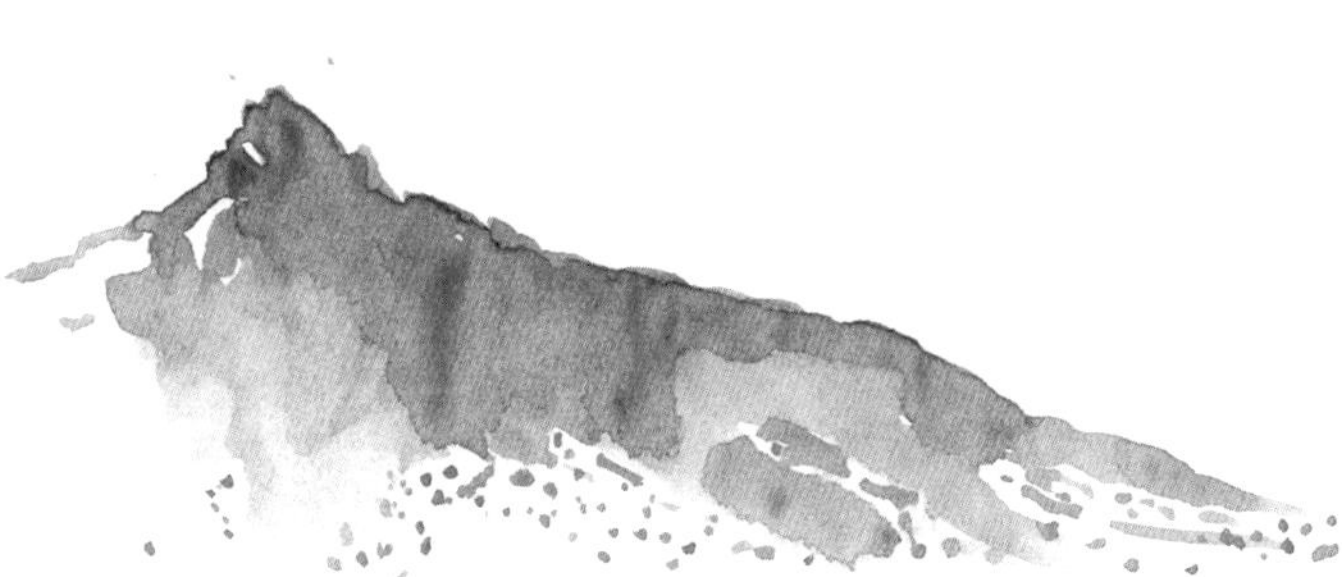

初日

カーと豁けた濃紺の空。ラッセル部隊の仲間達と森林限界地点を越えた辺りで別れる。ここから二人だけの登高だ。

唐松や這松はすでに足元より遙か下に沈み、黙り込んでいる。ザクザクザクとアイゼンは雪面に歯元まで快く食い込む。氷結した傾斜の緩い雪面をしばらく登ると中岳の中崎尾根稜線に出た。深々と雪に覆われた山々が目に飛び込んできた。

息は喘いでいるが、それ以上に足が前へ前へと気が急く。暖かげな日差しと身を切るような風が、落ち着け、落ち着け、ここで滑ったら元も子もないと囁く。

あたりの風は止み、雪面を穿つアイゼンの音しかない。

静かだ。あまりにも静かすぎるが、この先の登高には何の不安もない。後から付いてくる後輩も体調がよさそうだ。ふと、自分がなぜここにいるのかとても不思議に思えた。

ザックの荷物をチェックし、部屋をかたづけ、バタバタと電車に飛び乗った。日常のすべてに見切りをつけてやっとここまで来た。

今、なぜここにいるのか。

緩やかな起伏の稜線を歩むとコルの上部にでた。ここでザイルを使って二十メートルの懸垂降下をし、コルの底に降り立つ。コルの両端はさらに切れ落ち、日が暮れかかっているせいか底が見えない。

周りの雪を払って岩を背にしてビバーク地とする。夕焼けの残照に照らし出されたザラの岩肌は、薄い氷の膜に覆われ、処々に伸びた短いつららの先端に光を集めて辺りを明るくする。やがて、月のない夜のとばりが辺りを包んだ。

コルの底からの星々の輝きは全天が見えないだけに大きく威圧的で、容赦なく降り注ぐ。星の咆哮に応えるように、黒々と身を固めた目の前の岩壁の立ち姿に二人は気圧される。

二日目

朝、靴が履けない。夜の冷え込みで凍えついていた。登山靴をホエーブスで温め、簡単な朝食を取る。

これから、ルートの核心部の岩壁登攀が始まる。辺りの空気まで凍えさせた奈落の底から這い上がる。

見上げると、上部が見えず気が萎えてくる。なぜわざわざこの岩壁ルートを選んだのか、ここに来て誤りであったのかと躊躇する。後輩の顔には、私以上に不安の気持ちが漂っていた。二人は多くを語らず、私がトップで攀じる。

昨日の稜線の高さまで岩壁を攀じると、少し暖かさを感じたもののあまり気にとめなかったが、甘かった。背後に笠ヶ岳が見えると同時に、その山頂を隠そうとする真っ黒な不吉な雲が目に入り、さらにはいやな予感をひらめかせながら目の前に迫ってきた。

「おおい、やばいぞ」

下にいる後輩に声をかける間もなしに雲は左俣沢をすっ飛んでこの岩壁にぶち当ってきた。あっという間に周辺は灰色となり、猛烈な風と雪に見舞われた。後輩を迎えるために、素早く岩棚を探し、ハーケンを岩の隙間に打ち込み確保体制をとる。彼が攀じてくる間に毛の手袋を取ると、両手十本の指は蒼白化していた。

ここでまごまごしてはいられない。このまま直登するよりも右手にトラバースしたほうがルートとしては易しく速く切り抜けられそうだ。彼がたどり着くと直ちにトラバースに入る。アイゼンでのスタンスはしっかりしているが、指先の感覚がない。体重の移動にためらう。ここで落下するとやっかいだ。急ぐ気持ちと怯える気持ちが拮抗し、思わず天を仰ぐ。右手がホールドをしっかりつかんでいると何度も自らに言い聞かせ、納得させ、だましだまし体重を右足にかける。

全神経を集中し左足、左手の順序で約三メートル横移動した。ここから先はザイルなしで攀じ登れそうだ。

しかし、彼がやって来る間に風や雪はさらに牙を剥き、耳をつんざき視界を閉ざした。岩壁に取り残されるすんでの間に間に合った。「ともかく中岳のてっぺんに行こうや」と短い言葉を交わす。

頂は風雪が一段と強く立っていられない。視界は全くない。風を背にし、ピッケルで体を支えてやっと息が出来るが、厚く硬い鋼鉄を想わせる風雪の壁に鎧われた。それでも北穂に向かおうと、時折姿を見せる夏道に沿って、さらに岩肌に白色ペンキで書かれた矢印を目当てに南岳を目指しながらビバーク場を探す。登りになった。喘ぎながら南岳の頂に立ったと思った。その足元にはアイゼンの踏み跡が多数残り、自分達より他のパーティーが居るのではないかと期待し、二人は顔を見合わせほっとした。

束の間、それとなく自分達の足跡と分かる。リングワンデリングをして元の中岳の頂に戻っていたのだ。

今日は動いたらだめだと悟り、風を背にした小さな岩陰に身を潜めた。小便をしたら赤さび色の尿が出た。口には出さなかったが、「これは世に言うところの遭難か」と、絶えず影のように寄り添っている不安な思考がさっと脳裏を過る。雪に赤茶く染まった跡を足で掻き回した。

日が暮れても、好天の兆しがない。

幕営のツェルトは風雪に激しくのたうち、さらには素地がちりぢりに飛び散り、無防備の二人が身を寄せ合っている姿が容易に想像できた。

父や母と語ったり、幼かった頃のこと、大学の坂を上ったり、友が話し掛けたりする夢をコマ切れにザラザラと見ていた。

眠りが浅い。

三日目

長い夜が明け、辺りが明るくなった。「なぬ」とツェルトから睡眠不足の顔をそーと出す。

風の勢いは収まらないが、雪が止んでいる。隣で苦しそうに縮こまっている後輩を叩き起こす。簡単な朝食を取って、北穂は諦めて次の目的地、槍ヶ岳に風に抗うようにして向かう。食料は節約し食いつなげば、後二、三日はもちこたえられる。槍ヶ岳の肩の小屋に飛び込めば何とかなるだろう。

大喰岳を越えた辺りから、腰まである吹き溜まりの雪に悩まされる。体力の消耗が激しく、ほとんど前に進めない。ここで仕方なく三日目のビバークとなる。

四日目

前日は早めの睡眠であったが、体力が回復していない。しかし、風が弱まり好天である。槍ヶ岳は目の前にある。四肢五体を引ずり、よたよたと槍ヶ岳に向かうが、だんだんと槍の穂先がかすんできた。

ふいに飛騨沢上部から人の声を聞く。凝視すると誰かが登ってくる。虚ろな頭でこちらもその声に応える。

しかし、あの悪天候のすぐ後に人がいるはずなどある訳がない。これは幻聴だ。これは幻視だ。思考回路が切れた。ついに起こるべき事が起こったのだ。

目を据えてよく見ると、かすんで見えた人影が自分達の方に向きを変えた。

本当だろうかと思いつつ、体のほうが先に反応し、腰から力が抜けそのまま座し、デブリに顔面から崩れ倒れた。残っている体力で雪をかき分け、仰向けになる。

真上の空は雲ひとつなく晴れわたっていた。三日前、中崎尾根の斜面を登高していた時の空だ。深く息を吸い込む。ゆったりとした空だ。

スーと生気が体中を駆け巡った。

斜面を駆け上がる冷え切った風が頬をなぜ、遠くから響き渡る雪崩の振動を受け生命の鼓動を知ると、めくるべき言葉は笠ヶ岳の蒼く輝く脊梁に揺曳しながら消えていった。自分は言葉が消えるこの瞬間に吸い込まれようとしてここに来たのだ。

後輩がどこかで聞いた覚えのある名前を叫んでいる。朦朧としながらも槍平のベースキャンプの留守組の仲間達と分かる。途端に体が起き上がり、がむしゃらにその尾根を下る。ゴーグルの中で涙が止まらず視界が悪くなっても、生への憧れを胸に抱き続け駆け下った。

言葉の塗り絵

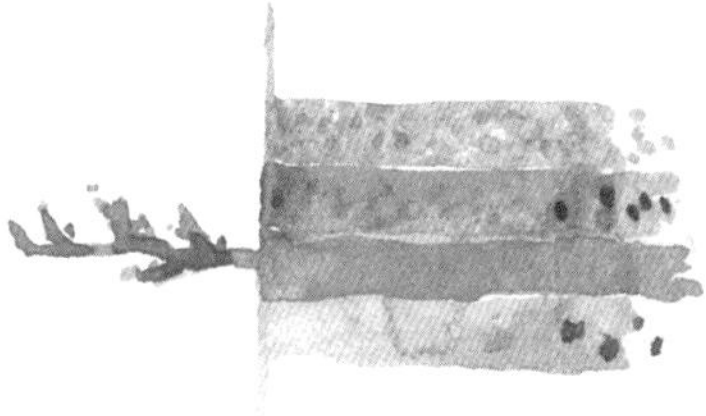

朝、青い海原と
心地よい涼風の言葉から目覚める
新聞を読み食事を済ます
電車に急ぎ乗ろうとしたとき
駅員から「こらっ、危ない」と注意を受ける
海原が薄黒っぽくなる
会社の門をくぐると青に戻った

昼食後、会議がある
意見が白熱すると
海原の波が白頭し怒涛する
溺れそうになり
コンクリートの防波堤内に逃れる
しばらくすると
波高い鈍色から青色となる
防波堤の上からもえぎ色の言葉を発する

多くの波が凪る

夜、多数の絵具とビールを揃えて夕食をする
海原は青から赤く染まる
勢いで沖へ、沖へと進む
なぜか海の色がだんだんと薄くなる

赤い海が恋しくなるが
さらに進む
色のない海に入る
もう少し沖に出ようともがく
海原が舞いだす

色を付けてやらねばならない
濃く塗ると赤い海に戻れない
薄くすると水平線が湾曲しそうだ
絵具が
どうする、どうすると呻く

おお〜、海原の端を探そう
端を見つけ出し
その壁に新しい言葉の枝葉を描く
とりあえず簡素な姿でしかないが
これを明日の会議に出せば
いろんな色に塗られるだろう
さー、メモったら夢の中へ

大地の種

人はそれぞれの大地で
生きている
大地は人を動かし
人は大地から言葉を知った

やがて、言葉は人を不安なしばりに置き
戦が始まる
大地に染みこんだ戦の血は
地下水と共に遠くに広がり
それぞれの言葉で汲み上げられ
大地の意味を改めて知る
しかし、地上の血は
時がたつにつれ方々で変化し色が定まらない

強い日差しの中、なにやらふうーと靄のような哀感がひび割れた田畑の奥深い処から湧いてきた。

日常に足を埋め、それらの背後に秘められた鬱屈した言葉を、頭で何を思う訳でもなく、手を差し出して掻き混ぜる訳でもなく、ただ靄の湧いてきた足元を眺めた。その日常は質量を持たず静かにうねり、さざ波さえ起こさず通り過ぎて行く。

そんな日々の中、強い日差しはさらに田畑を荒らし、草木を枯らしにかかる。時折、流れゆく靄のなかから土の匂いを伴った風が枯れかけた林の間をぬって近づく。風は、私の体に染み込んだ。「お〜う、風によろけず前が見えるのか。ならば、風とその周りの物々の端が一瞬、見えたはずだ」どこからともなく誰とも判らない声を聞く。体をすり抜けた足元の砂粒の中に小さな黒い種を認め、しゃがみ込んだ。

種はまさに芽を出そうと震えている。

「水がいるのか。今の私は水を持ち合わせていない。このひび割れた枯れ野の数キロ先にはないでもないが」

やがて花が咲き実を結び、鳥か蟻か風に運ばれ、他の地に種族を増やそうとしているのか。

私の言葉に似つかわしくない種もある。大地に育まれようとしている。

ふいに、大地から白い花が立ち昇り、しゃがみ込んだ私の目の前で寂しげな生の香りを残して消えた。
辺りにはその香りを纏った、花の立ち姿を想起させる余韻がいつまでも消えやまず、靄に濡れ、足元いっぱいに白く敷き詰める花の幻影に圧倒され眩暈を覚える。私は白い花を切り捨てようとするが、それでも大地に根差す白い花として受け止め、いつかは諾う予感が過る。

人は群れを作らないと生きられない
群れると言葉が出来る
言葉に助けられ言葉で傷つく
しかし、大地は背後に多様に象った黒い種を携え
限りなく白い花を作り出そうとしている
人は永い間、白い花を見続けて
白い花に必要なだけ色を塗り
必要なだけ香りと味をつけ
必要なだけ大きくすることを身につけた

ひび割れ、血の染み込んだ大地からくぐもった声がする。

「雨の降る音が聞こえるか。あー雨の降る音が聞こえるのか。まだまだ、白い花に糾われ埋没するぞ。そう、思い上がった自分を捨てるのだ。大地を敷き詰め咲き誇る白い花を、大地の多様な貌に添った白い花を、見据え、覚える。これで花の姿が少しでも透かされ大地から茎を通して血が昇るのが見える。色や香りや味が生まれる刹那を感じ、あの時見た風とその周りの物々と白い花とがひとつになった新たな端が、今まさに体をすり抜けたはずだ。それで、お前は白い花自身となっていくだろう。それに気づかないでいるのだ」

おわりに

ある時
私はにゅうどうぐもの
てっぺんに立っていた
この先には何もない
足元がうろたえていた
何日も何日もうずくまった
立ち上がるとき
足元の雲を抱いて
高く高く跳んだ
跳んで降りたとき
にゅうどうぐもを貫き
地上まで落ちはしまいかと悩んだが
跳んだ

抱いた雲は
おぼつかなかったが
高みで支えてくれた

あとがき

この詩集は同人雑誌『広島文藝派』（現在、廃刊）に発表した作品を中心にまとめたものです。未発表の作品を四、五点加えました。同人の葉山弥世氏、天瀬裕康氏から幾度となく催促されてやっと重い腰が上がりました。表紙の絵とさし絵は東京藝術大学講師の樫村芙実氏にお願いし、校正は広島の友人、土岡由紀子氏と東京図書出版社編集部の方々のご協力をいただきました。この場をお借りしてお礼申し上げます。

砂本　健市（すなもと　けんいち）

1946年　広島に生まれる
1969年　広島工業大学電気工学科卒業

『広島文藝派』同人

さし絵：樫村芙実

言葉のゆくえ

2021年1月2日　初版第1刷発行

著　　者　砂本健市
発 行 者　中田典昭
発 行 所　東京図書出版
発行発売　株式会社 リフレ出版
〒113-0021　東京都文京区本駒込 3-10-4
電話 (03)3823-9171　FAX 0120-41-8080
印　　刷　株式会社 ブレイン

ISBN978-4-86641-374-7 C0092
Printed in Japan 2021